La niña que ponchó a Babe Ruth

por Jean L. S. Patrick
ilustraciones de Jeni Reeves

ediciones Lerner/Minneapolis

Para mi abuela, Louise Schmidt, quien anotó una carrera a los 14 años y cautivó el corazón de mi abuelo — J.L.S.P.

El autor y la artista quieren expresar su agradecimiento a todos los que brindaron su asistencia, entre ellos Lee Anderson, W. C. Burdick, Jerry Desmond, David Estabrook, Bill Francis, David Jenkins, Tom Nieman, Suzette Raney, Brad Smith, el Departamento de Historia Local de la Biblioteca Bicentenial del condado de Chattanooga-Hamilton, el Museo Regional de Historia de Chattanooga y el Salón Nacional de la Fama de Béisbol. La artista desea agradecer especialmente a su modelo, Karen Dodd.

La edición en español fue realizada por un equipo de traductores hablantes nativos del español de translations.com, empresa mundial dedicada a la traducción.

ediciones Lerner
Una división de Lerner Publishing Group, Inc.
241 First Avenue North
Minneapolis, MN 55401 EUA

Dirección de Internet: www.lernerbooks.com

Library of Congress Cataloging-in-Publication Data

Patrick, Jean L. S.
[Girl who struck out Babe Ruth. Spanish]
La niña que ponchó a Babe Ruth / por Jean L. S. Patrick ;
ilustraciones de Jeni Reeves.
   p. cm.   —   (Yo solo historia)
Includes bibliographical references and index.
ISBN 978–0–8225–7785–0 (lib. bdg. : alk. paper)
   1. Mitchell, Jackie, 1914–1987—Juvenile literature. 2. Ruth,
Babe, 1895–1948—Juvenile literature. 3. Gehrig, Lou,
1903–1941—Juvenile literature. [1. Mitchell, Jackie, 1914–1987.
2. Baseball players. 3. Baseball—History. 4. Women—
Biography.] I. Reeves, Jeni. II. Title.
GV867.5 .P37718 2008
796.3570922—dc22
[B]   2007006315

Fabricado en los Estados Unidos de América
1 2 3 4 5 6 – DP – 13 12 11 10 09 08

Nota de la autora

Las mujeres llevan jugando béisbol (y no sóftbol) por más de 100 años. Vassar College formó los primeros equipos femeninos en 1866. En aquellos años, la bateadora tenía que recoger su larga y pesada falda antes de poder correr hacia primera base.

Desde la década de 1890 hasta la de 1930, miles de mujeres jugaron en los equipos de "bloomer girls", así llamados por los pantaloncillos que las jugadoras usaban bajo la falda. Otras jugadoras, como Lizzie Murphy y Babe Didrikson, participaban en juegos de exhibición de las ligas mayores.

Una de las jugadoras más talentosas fue Virne Beatrice "Jackie" Mitchell. Cuando era niña, la estrella del béisbol Dazzy Vance le enseñó a lanzar.

A los 16 años, Jackie jugaba en las Engelettes, un equipo femenino de Chattanooga, en Tennessee. A menudo ponchaba a hombres de los equipos semiprofesionales. Un año después, en 1931, se entrenó con los futuros jugadores de las ligas mayores en la famosa escuela de béisbol de Kid Elberfeld, en Atlanta.

En esa época, Joe Engel era el presidente de los Chattanooga Lookouts, un equipo de las ligas menores. Él sabía que Jackie podía darle publicidad a su equipo.

El 25 de marzo de 1931, Joe Engel anunció que le ofrecería a Jackie, de 17 años, un contrato profesional. Pero Jackie no pudo firmarlo; estaba en Texas, jugando en un torneo nacional de básquetbol.

El 28 de marzo, Jackie regresó a Chattanooga. No pensaba en otra cosa que no fuera el béisbol.

Jackie Mitchell amaba el béisbol.

Soñaba con llegar a ser una gran lanzadora.

Pero a los 17 años, Jackie no estaba en el
montículo del lanzador.

Ni siquiera estaba en el parque de béisbol.

Se encontraba sentada

en una estación de radio

y llevaba puesto un vestido.

Frente a ella había un contrato.

Si lo firmaba, jugaría para
los Chattanooga Lookouts.

Pertenecería a un equipo de béisbol masculino
de las ligas menores.

La sala estaba en silencio.

Jackie tomó la pluma.

Con audacia, firmó.

Sus admiradores aplaudían.

Las cámaras se disparaban.

Joe Engel le estrechó la mano.

Era el presidente de los Lookouts.

A continuación,

habló el entrenador Bert Niehoff.

Prometió ayudar a Jackie a convertirse

en lanzadora en las ligas mayores.

Jackie y su padre sonrieron.

Pero Jackie no pensaba

en las ligas mayores.

Pensaba en la semana siguiente.

Los Lookouts se enfrentarían a los Yanquis

de Nueva York

en un juego de pretemporada.

El miércoles 1° de abril,

Jackie se enfrentaría

al mejor jonronero del mundo: Babe Ruth.

Y quería poncharlo.

Las noticias sobre Jackie
se difundieron por todo el país.
Los periódicos y equipos de filmación más
importantes
planeaban cubrir el juego.
Pero algunos tenían dudas sobre el juego.
Tal vez Jackie fuera parte de una maniobra
para atraer gente al parque de béisbol.
Después de todo, ¿podría realmente una chica
lanzar contra Babe Ruth?

Ella sabía que podía hacerlo.

Hasta los periódicos lo decían.

Podía darle velocidad a la pelota.

Tenía control.

Y de algún modo, siempre adivinaba
el punto débil del bateador.

Jackie se metió un trozo de goma de mascar
en la boca.

Simuló prepararse para el lanzamiento.

¡Strike!

El martes en la noche,
Jackie se acostó temprano.
Su uniforme estaba colgado
en el armario.
Desde que era pequeña
había soñado con ser una gran lanzadora.
Mañana tendría su oportunidad
de realizar su sueño.

El miércoles llovía a cántaros.

El juego se canceló.

Jackie estaba segura de que
lograría lanzar al día siguiente.

Pero, ¿y si volvía a llover?

Se perdería la oportunidad
de lanzar contra los Yanquis.

El jueves 2 de abril, dejó de llover.

Los rayos del sol, rectos como bolas rápidas,
atravesaban las nubes.

El aire fresco olía a flores de melocotón.

Jackie y su padre bajaron por la calle Tercera
hasta el Estadio Engel.

El juego no sería fácil para los Lookouts.

El nuevo entrenador de los Yanquis

quería anotar todas las carreras posibles.

Quería que los Yanquis ganaran

cada vez que jugaban.

Jackie y su padre observaban

el precalentamiento de los Yanquis.

Lyn Lary jugaba de parador en corto.

Tony Lazzeri interceptaba rolas

en la segunda.

Lou Gehrig cubría la primera base.

Babe Ruth se encaminó al plato

para la práctica de bateo.

Jackie lo observó con cuidado.

Levantaba el bate, torcía el cuerpo

y lanzaba el golpe.

O bien enviaba la bola lejos,

a los jardines,

o no le pegaba en absoluto.

—¿Cómo debería lanzarles a los Yanquis?

—se preguntó Jackie en voz alta.

—Sal y lanza como lo harías con cualquiera

—respondió su padre.

Jackie asintió.

¿Dónde podía hacer su calentamiento?

Vio a Eddie Kenna,

el receptor de los Lookouts.

Juntos trotaron hasta un espacio abierto.

Jackie se calzó el guante en la mano derecha
y agarró la bola con la izquierda.

Primero, el impulso.

Giró el brazo izquierdo hacia atrás
formando un enorme círculo.

Luego, el lanzamiento.

Disparó la bola hacia el plato.

¡Plaf!

Una y otra vez,
la bola terminaba en el guante de Eddie.

Jackie tenía un excelente
lanzamiento con caída.
Cuando la bola llegaba al plato,
se clavaba en él.
Y cuando su
lanzamiento con caída funcionaba,
ningún bateador podía tocarlo.
Pero hoy le costaba trabajo.
El aire fresco y húmedo
hacía difícil controlar la bola.

—¡Jackie!

—la llamó un hombre con un largo abrigo.

Era el señor Engel.

Dos Yanquis muy altos

caminaban junto a él.

Los seguía un tropel de reporteros.

El grupo se detuvo.

Jackie reconoció a Babe Ruth.

Estaba apoyado en el bate

como si fuera un bastón.

Lou Gehrig estaba de pie a su lado.

—Jackie —dijo el señor Engel—.
Te presento al señor Ruth.
Jackie le estrechó la mano.
Pero Babe Ruth apartó la vista.
Luego miró al señor Engel.
Cuando por fin miró a Jackie,
le soltó la mano.

—Jackie —dijo el señor Engel, señalando—.

Te presento al señor Gehrig.

Lou Gehrig le sonrió.

Se quitó la gorra.

Se inclinó levemente y le dio la mano.

Su apretón era fuerte como el hierro.

Jackie posó con los dos Yanquis
para las fotografías.
Pero Babe Ruth no sonreía demasiado.
Jackie había oído que él no quería que
las mujeres jugaran en el béisbol profesional.
"Son demasiado delicadas — él había dicho—
Nunca lo harán bien".
Jackie golpeó su guante.
Tenía que hacerlo bien.

A las 2:30, en el estadio no cabía más gente.

A Jackie se le retorcía el estómago.

Miraba mientras sus compañeros
se tomaban el campo.

Clyde Barfoot era el lanzador inicial.

Eddie Kenna se acuclilló detrás del plato.

Atrás de él estaba Brick Owens,
el famoso árbitro de la Liga Estadounidense.

¡A jugar!

Los Yanquis batearon primero.

Earle Combs caminó hacia el plato.

Con un tremendo golpe

envió el primer lanzamiento

al fondo de los jardines para un doble

y corrió a segunda base.

Lyn Lary era el siguiente.
Envió un sencillo
al jardín central.
Earle Combs anotó.
Yanquis 1, Lookouts 0.

Un hombre adentro.

Nadie afuera.

Babe Ruth era el siguiente para batear.

Eddie Kenna se quitó la máscara
y trotó hacia el montículo.

El entrenador Niehoff se le unió.

Le hizo una seña con la cabeza a Jackie.

¿Estaba lista?

Jackie tomó su guante
y corrió al campo.

Cuatro mil aficionados
la saludaron desde las gradas.

El ruido era impresionante.

El entrenador Niehoff le deseó suerte.

Eddie colocó la bola en su guante.

Le dijo que la dejaba a cargo

y que le mostrara a Babe lo que podía hacer.

Luego trotó de regreso al plato

y se puso la máscara.

Jackie estaba sola.

El estómago se le retorció otra vez.

Y entonces recordó las palabras de su padre.

"Sal y lanza como lo harías con cualquiera".

Lanzó un par de veces

como precalentamiento.

Sentía el brazo fuerte.

Jackie escupió en el guante.

Le hizo un gesto con la mano a Babe Ruth

para que tomara el plato.

Estaba lista.

Babe se acomodó la gorra.

Luego indicó con la cabeza hacia primera base,

para recordarle al corredor.

Jackie echó una mirada al corredor,
y luego a Babe.
Giró el brazo y lanzó.
La bola se elevó alto.
—¡Bola uno! —gritó el árbitro.

Eddie le devolvió la bola a Jackie.

Ella sabía qué hacer.

Esta vez lanzaría una bola curva.

Este lanzamiento haría una curva
y se caería al llegar al plato.

Volvió a mirar al corredor.

Giró el brazo y lanzó.

Babe bateó.

¡Uuuush!

Falló.

—¡*STRIKE* UNO! —gritó el árbitro.

La multitud rugió.

Babe retrocedió alejándose del plato.

Apoyó el bate contra las piernas

y se secó las manos.

Esto le dio a Jackie tiempo para pensar.

Le tiraría una bola rápida,

a la altura del hombro.

Nadie podía batear un tiro así muy lejos.

Babe regresó al plato.

Jackie miró al corredor,
tomó impulso y lanzó.
Babe bateó.
¡Uuuush!
Volvió a fallar.
—*¡STRIKE* DOS! —gritó el árbitro.
La multitud rugió más fuerte.

Jackie se relajó.

Estaba lanzando la bola hacia el plato.

¡Y Babe sólo le pegaba al aire!

Tendría que adivinar la intención de Babe
en el siguiente tiro.

Él se prepararía para otra bola rápida,
alta y cerca.

Pero ella la dispararía recta,
con toda la fuerza que pudiera ponerle.

Babe estaba preparado.

La multitud estaba muda.

Jackie miró al corredor.

Tomó impulso.

Y lanzó.

El tiro salió alto.

Babe detuvo el movimiento.

Pero la bola cayó,

cortando justo sobre el corazón del plato.

—¡*STRIKE* TRES! —gritó el árbitro—,

¡PONCHADO!

Babe arrojó el bate al suelo
y le gritó al árbitro.
Pero Jackie no podía oírlo.
Cuatro mil aficionados lanzaban
hurras y gritaban.
Jackie había ponchado al Babe Ruth.

Babe se agachó a recoger su bate,

miró a Jackie

y apartó la vista.

Disgustado, se apuró para bajar a la banca.

"Uno menos", pensó Jackie.

Lou Gehrig se dirigió hacia el plato.

Al igual que Babe, era un bateador zurdo.

Y como Babe, también era un jonronero.

Jackie decidió apuntar al interior del plato.

La pondría apenas por encima

de su cintura.

Casi todos los bateadores

tenían dificultades con este lanzamiento.

Jackie miró al corredor en primera.

Giró el brazo y lanzó.

Gehrig bateó.

¡Uuuush!

¡Strike uno!

¡Uuuush!

¡Strike dos!

¡Uuuush!

¡Strike tres!

Los cuatro mil aficionados saltaron de pie y gritaron.

Jackie había enfrentado a los mejores bateadores de los Yanquis.

¡Y los había ponchado!

Finalmente los Yanquis ganaron, 14 a 4.

Pero al día siguiente,

las palabras de Jackie estaban

en los periódicos de todo el país.

"Me alegra haber tenido el placer

de lanzar contra el señor Ruth

y el señor Gehrig —dijo—.

Creo que ambos son personas agradables

y grandes jugadores.

No creo que sea extraño

que los haya ponchado.

Han pasado cosas más raras.

Ni siquiera los mejores bateadores

pueden darle a todas las bolas.

Sólo traté de dar lo mejor de mí,

y soy la chica más feliz del mundo."

Jackie ya no tenía que soñar.

Se estaba convirtiendo

en una gran lanzadora.

Epílogo

Después de ponchar a Ruth y a Gehrig, Jackie dio base por bolas a Tony Lazzeri. Luego el entrenador Niehoff la retiró del juego.

Pero la gente no olvidó a Jackie. Por el contrario, recibió cartas de aficionados de todo el país. Uno de los sobres no tenía dirección; sólo decía: "Para la niña que ponchó a Babe Ruth".

Kenesaw Mountain Landis, el comisionado de béisbol, también oyó de las ponchadas. Landis canceló el contrato de Jackie con los Lookouts y le prohibió participar en el béisbol profesional. Consideraba que el juego era demasiado rudo para las mujeres.

Pero Jackie siguió jugando. Desde 1933 hasta 1937, jugó con un equipo de exhibición llamado *House of David*. Cuando jugaron contra los Cardenales de San Luis, Jackie lanzó contra Pepper Martin, Dizzy Dean y Leo Durocher.

Jackie murió en 1987. Pero los aficionados todavía comentan sus ponchadas. Hay quienes piensan que Ruth y Gehrig perdieron a propósito. Que tal vez Joe Engel les pagó para perder. Después de todo, Engel era conocido por sus maniobras publicitarias. Otros piensan que Jackie sorprendió a los grandes bateadores. Para un bateador, es difícil darle a un lanzamiento con caída, especialmente si es la primera vez que enfrentan al lanzador. Y no era inusual que Babe Ruth resultara ponchado. A lo largo de su carrera, ¡lo poncharon 1,330 veces!

El debate continuará. Pero a Jackie Mitchell se la recordará siempre como "La niña que ponchó a Babe Ruth".